Golden Jubilee

Year of Golden Jubilee Year long 50 years

Bombay chemical and Rubber products

Manjulata Mohapatra

Golden Jubilee

Year of Golden Jubilee Year long 50 years

Bombay chemical and Rubber products

Manjulata Mohapatra

PAPER TOWNS
PUBLISHERS

PAPER TOWNS
PUBLISHERS

First published by
Papertowns Publishers
72, Vishwanath Dham Colony,
Niwaru Road, Jhotwara,
Jaipur, 302012

Golden Jubilee
Copyright © Manjulata Mohapatra, 2022

ISBN Print Book – 978-93-94670-54-9

Cover Design by Ishita Agarwal
Email- ishitaagarwal9022@gmail.com

Printed in India

This book is a tribute to
Founder Late Mr.
Sankar Lal Jhunjhunwala
(father) & Late Mr.
Kailash Jhunjhunwala
(son)

This book is a history of Bombay chemical and rubber products. With lots of effort and courage, this company has been formed by some prestigious people. Still, now it's running smoothly after 52 years.

Late Mr. Kailash Jhunjhunwala

Mr. Gautam Jhunjhunwala (elder son of late Mr. Kailash Jhunjhunwala)

Chandrakanta K Jhunjhunwala (wife of Mr. Kailash S JhunJhunwala)

Vishal K Jhunjhunwala (younger son of late Kailash S Jhunjhunwala)

BOMBAY CHEMICAL & RUBBER PRODUCTS
50th
YEARS
SERVICE TO
RUBBER INDUSTRY
1971-2021

This topic belongs to a successful man. For his hard work with concentration towards his work, the dream's he dreamed of.

There was such a day, who addressed him as useless. On this day people salute him. Ask him everything about his business.

Here is such a person, who has made a different identity by improving his own skills on his own.

If hard work is done at the right time and the right way, then a person can touch the heights of the sky. This is a custom of human beings. Today the account of the last 50 years of a successful person is an open book.

In this subject, what title should be given to a stubborn person by looking at the journey and memories in front of him? Who will tell this?

This is not a matter of being named. This thing was successful in praising a person.

This thing is to bring the glory of a successful person to the surroundings. For limelight.

Be it any organisation or be it successful, nothing happens without hard work, no one gets the right introduction.

What is there? If the family name has given to someone by their ancestors is nearby? A person should definitely make his own identity on his own.

The truth is that the period of 50 years in life is nothing short to reach here and establish someone's introduction.

The way a bird builds it's nest by adding to the straw , in the same way, it was not easy to build such a big organisation today. Days passed just by working hard every moment, just to get to know himself. To fulfil his own ambitions.

In this book, that person could reach this way by overcoming the pleasant journey of his life. It's the same description. This topic is the life of a successful man. There was a very beautiful moment in his journey. Some beautiful experiences. Some moments are of the sweet and bitter experience. From 1971 to up to now was not easy to enter to reach perfect destination .

People are born in this world. And they are raised by their parents and family. They teach them. Ability to stand on one's own feet. Then whose life goes ahead for the future. Mother's umbrella remains in the shadow till a person is born and regains his senses. After that man keeps thinking only about himself. Not only that, he is forced to think about himself.

The same thing happened with that successful person. When children make a splash at the age of sports, at that age that person used to think about his bright future along with studies. A stubbornness was born in the heart. There was enthusiasm and passion in the mind, and thinking of the mind had reached the extent of madness.

He used to think-

"I have everything given by my father. But what will be my own identity? Someone tell me. Brother of younger brothers, or I have a separate identity of my own. In my introduction, I should be proud of myself. That's why I should have a different introduction.

If there is enthusiasm and passion in thinking , noble intentions, sincerity, and the aim of achieving the destination, God will support him. And it is said-

That "Speak to me, my child! What is your wish?"

In the court of Emperor Chandragupta Maurya dynasty, his economist Chanakya or Kautilya had written in his proverb that-

"Even if the king of the jungle is a lion, the deer does not fall in his mouth out of fear of the lion's supply of food. For the lion, he will have to hunt deer for his stomach. Nothing gets done without hard work.

यह विषय बस्तु एक कामयाब इंसान का। उनकी जी तोड मेहनत की, और उनकी एकाग्रता लगन की। उनके द्वारा बुने हुए कल्पना में ख़्वाबों की।

एक दिन ऐसा था, जिन्होंने उनको निकम्मा कहकर संबोधन किया था, आज वही इंसान उन्हें सलाम करते हैं । उनको हर बात पर पूछते हैं । ऐसे एक इंसान है यहाँ। यहां पे अनेक अनेक लोग ऐसे हैं, जिन्होंने अपने बलबूते पर खुद की हूनर को निखार कर साबीत किया है कि—

“मेहनत अगर सही समय पर और सही तरीके से किया जाए तो, इंसान आसमाँ की ऊंचाईयों को छूं सकता हैं । यही मानव का दस्तूर है।”

आज एक कामयाब हुआ इंसान का विगत ५० साल का हिसाब किताब है। इस में एक जिद्दी इंसान का सफ़रनामें को, क्या नाम दिया जाए ? यह बात कौन बतायेगा ? १९७१ से शुरू करके आज़तक के सफ़रनामा पार करके यहाँतक पहुँचना कोई आसान काम नहीँ रहा।

यह बात कोई नाम देने की बात नहीँ है। यह बात एक इंसान का क़ाबलियत की यश गान करना है। उनकी यसस्वी को सामने देखना है। और दिखाना भी है ।

कोई भी संस्था कहो, या कृतित्व या हुनर, बिना मेहनत में एक कोई भी सही परिचय नहीँ पाता है। किसी का पिता का दिया हुआ सब कुछ अग़र अपने पास में है, तो किसीका पूर्वोजों के द्वारा दिए गए खानदानी नाम पास में रहता है। मगर ५०

साल का अवधी कुछ कम नहीँ है एक इंसान के लिए। आगे बढ़ कर यहाँतक पहुँचकर खुद को परिचय देने के लिए ।

एक चिड़ियाँ जिस तरह से तिनका तिनका इकट्ठे कर के अपनी घोंसला बनता है , आज इसी तरह , इतना बड़ा संस्था को खड़े कराना आसान काम नहीं था। एक एक पल , एक एक घड़ी, सिर्फ़ मेहनत में गुजरा है, अपना नाम और अपना परिचय को लोकलोचन में कायम करने के लिए।

इसी क़िताब में वो इंसान अपनी ज़ुबानी में उनकी जिंदगी का सुहाना सफ़र को अतिक्रम करके यहाँ तक किस तरह से पहुँच गये हैं, यह एक इंसान की अपनी जिंदगानी है। अपनी सफरनामें की खूबसूरत पल है था उनके सामने । कुछ भूलें वीसरें यादें हैं । कुछ अनुभव है । कुछ खटे मिठे समय का तज़ुर्बा है ।

लोग पैदा होते हैं। माता-पिता और परिवारवाले उनकी परवरिश करते हैं। उन्हें शिक्षा देते हैं। अपने पैर पर खड़े होने के लिए काब्लियत बनाते हैं। और उनकी जिंदगी आगे बढ़ती है। मग़र एक इंसान जो पैदा होकर, अपना होश संभालने तक कुछ भी नहीँ होता है। उसके बाद में, वही इंसान, बड़ा होते हुये, सिर्फ़ खुद के बारे में सोचने को मजबुर हुआ था।

जब बच्चे जिस ऊम्र में खेल कूद करके पढ़ाई करते थे , तब उस उम्र में , वो इंसान पढ़ाई के साथ साथ , अपने भविष्यत् में कुछ करने के लिए वचनबद्ध हुआ करता था। दिल में एक ज़िद पैदा हुई थी। मन में जोश और जूनून था। एक पागलपन तक हद हुआ करता था। वो सोचता था कि-

"पिताजी के द्वारा दिए गए सब कुछ मेरे पास है। लेकिन मेरा परिचय क्या रहेगा, मुझे कोई तो बताइए ख़ुलकर? बाबूजी का बेटा? भाइयों का भाई या मेरा अपना परिचय खुद का, खुददारी का? मेरे दिलों दिमाग में खुद पर नाज हो । जिसे मैं ने अपने बलबूते पर कमाया हो । सब के सामने मेरा एक अलग सा परिचय होना चाहिए। "

सोच में अगर एक जूनून हो, ईमानदारी हो, नैक ईरादे हो, मंजिल पाने का लक्ष्य हो, तब ईश्वर भी उसका साथ जरूर देते हैं। ईश्वर खुद जैसे उस इंसान से पूछते हैं कि —

"बोल मेरे बच्चे ! तेरा रजा क्या है ?"

मौर्य बंश के राजा चंद्रगुप्त मौर्य के राजदरबार में सही सलाहकार और अर्थशास्त्र में निपुण रहे चाणक्य या कौटिल्य ने यही कहा था उनके नीतिवाक्य में —

"उद्यमें न ही सिध्यन्ति , न ही कार्याणि मनोरथै: ,

न ही शुप्तस्य सिंहस्य प्रविष्यंति मुख्ये मृगा:"

इसका मतलब यही होता है कि —

"बिना मेहनत में कुछ भी हासिल नहीँ होता है। जैसे कि शेर जंगल का राजा कहलाता है। फ़िर भी वो अगर मेहनत नहीँ करेगा , अपने लिए शिकार नहीं करेगा तो , उसके मुँह में ख़ुद व ख़ुद हिरण आकर नहीँ गिरेगा , उसके खाद्य की आपूर्ति के लिए , उसे जंगल में घुमकर शिकार करना पड़ेगा। तब जाकर उसका पेट भरेगा ।"

जन समाज के लिए यह जरूर एक सीख है। कारण

"आराम हराम है।"

शरीर को स्वस्थ रखनेके लिए कर्म करना नितांत आवश्यक है। दुनियाँ में आये हैं तो कुछ कर दिखाना है। सब के लिए यही एक मूलमंत्र है। समय का सदुपयोग हर हाल में करना है।

"Time and tide are waiting for none . So this is the time to work hard and achieve as much as I can."

That was his motivation to create a new world for him. And he promised himself that–

"One day he will prove that."

"What is his capacity to create a new world for him , and what can he achieve ? He can show one day to all his near and dear that —--

"If someone promises himself that to achieve his aim of goal , no one can stop him to own that . While he is sitting without work , his mind starts to think about what he can do . What he can achieve and how he can grab it . Who will give him such a noble idea? That was his idea.

एक कामयाब आदमी के पीछे , पहले एक औरत होती है। अगर दिल में ईच्छा हो तो कोशिश करने से तरह तरह के उपाय सामने उभर कर आ ही जाते हैं । बस जरूरत है तो इच्छाशक्ति को जगाये रखना। निरंतर प्रयत्न करते रहना। यही होता है इंसान का सही परीक्षा का समय। कामियाबी पानेके लिए बहुत सारे चीज़ों की आबश्यकता होती है। धैर्य और इम्मानदारी के बिना यह सब नहीं हो सकता है। रातारात किसको सफ़लता नहीं मिल पाती है। एक सफ़लता व्यक्ति के पीछे अनेक लोगोंका हाथ होता है। सबसे पहले एक माँ की , एक बीवी की अथवा एक बहन का हाथ भी हो सकता है।

यहाँ पर एक सफ़लता प्राप्त इंसान के पीछे एक पत्नी का हाथ रहा। यही रहा सराहनीय बिषय। इसमें पत्नीका कोई स्वार्थ था या है , यह बात नहीं है। यह बात है–

एक पत्नी अपने पति के कामियाबी चाहती थी जी जान से आज भी दुआ मांगती है । दिल से प्यार करती है। सुख में दुःख में कंधे से कंधा मिलाकर चलती है निरंतर। यही है हमारे हिंदुस्तान का संस्कार और परंपरा। इसलिए पत्नीको यहाँ पे घर की लक्ष्मी मानते हैं। बेटियों को घरका शान मानते हैं।

एक समय है जो सबको सही रास्ता दिखाता है। अगर काम सही हो, ईरादे नैक हो, तब एक लक्ष्य हो, तब एक आदमी को कामियाबी मिल ही जाती है। इसलिए कहते—

"समय किसका इंतजार नहीँ करता है। समय के हिसाब से मेहनत करते जाओ। फल की आशा मत करो। वही समय एक दिन आपको सही नतीजा देगा, अगर सही कर्म हो तो। अगर सही कर्म भी ना हो तो क्या हुआ, वही समय आपके कर्म के हिसाब से जरूर कर्मफ़ल देगा।

कुछ अपनी कहानी , अपनी जुबानी , एक कामियाब इंसान का।

Behind a successful man,there is definitely a woman 's hand. If there is a desire in the heart, then by trying in different ways, many solutions emerge. For this thing, someone to keep willpower awake. Keep one trying and trying. Again and again.

This is the true test of a person. It tastes like a person. It takes a lot of hard work to get success. A person has to lose a lot. Like sleep, time and peace. This is the only time left, to make proper use of time and energy.

All this is not achieved without patience and honesty. No one can get success overnight. Many people have their hands behind one successful person. This is true. First of all, the support of a mother, a wife, or a sister, inspires a person to move forward. Here behind a successful man, his wife 's support was most important.

It was a worthy subject. The selfishness of the wife is that her success is in the success of the husband. This is our Indian culture.

Then being a wife, she used to wish for the success of her husband from the bottom of her heart. And even today she loves her husband very much. This is our tradition. That's why in our India, the wife is considered as the Goddess Laxmi of the house. And daughters are the pride of the house. This successful person has narrated his own story, with own words.

सब तो अपने और अपनों के लिए करते हैं। अगर कोई दूसरों के लिए करता है तो वही महान होता है। अगर किसने औरों के बारे में कुछ सोचा, तो इससे पुण्य का काम कुछ भी

नहीं होता है। पैसे लगभग सब लोग कमाते हैं। अगर कोई पैसे को सदुपयोग करके परोपकार में लग लिया तो, इससे बड़ी बात कुछ भी नहीं होता हैं।

Bombay Chemical and Rubber products

Completion of 50 years golden jubilee year

A journey of good memory. From 1971 to now.

Founder

Mr.Sankar Lal JhunJhunwala and Kailash. S. Jhunjhunwala

Mr. Kailash Jhunjhunwala the only name is enough for introduction. But what name can you give him for his success? Perfect business personality, an Entrepreneur, an Industrialist or a Trader? You can say that one person has all the skills to give his introduction. 50 years back, in १९२१ he had a dream to fly high. He planned many things to fulfil his unlimited ambitions. According to his future plans, he can achieve his goal and reach his final destination. He was thinking himself at that time.

He has done lots of hard work, and gone through a lot of ups and downs in his life with a compassionate nature and strong personality. He has gone through lots of hard work in those days and nights with lots of effort.

He has achieved and felt the moments of failed and passed results, objective surroundings with ups and down situations. And many ideas, with unlimited plans. Finally his goal at this stage is there. He has given 50 years of his life to erect as a reputed company name as:-

"BOMBAY CHEMICAL AND RUBBER PRODUCTS"

Something from the heart.

"I am Mr. Kailash S. Jhunjhunwala was born as a good normal child in a reputed Marawadi family. All thanks to my parents. When I grew up, my ambition was something different from all. Whole day I dreamt for my future to do something new and different. I wanted to establish my own identity as an individual business man in a special way. So I finished my studies as per my requirements. I started my learning process from my father Mr. Sankar Lal Jhunjhunwala to establish my business.

I learnt business tricks from many of my well wishers, near and dear ones and more supportively from Japanese trade partners. Because my father was a businessman. I thought why not expand my business on my own, like my father? So I learned business methods from my father. Human being must have a teacher to exit his own life smoothly. So my father was my teacher. My wife Mrs. Chandrakanta K. Jhunjhunwala is my best supportive partner to fulfil my future dreams. She is my backbone. From morning to evening I only worked hard and hard, searching for good sources of business methods somehow.

When I started my future plans, I was young and very aggressive by nature. So as a result I could establish my future business. Step by step I could go ahead. I was able to fulfil my ambitions. With a small amount of money, I started my industries. That was the beginning of my journey.

Many encouragement and discouragement surroundings, I had faced from people. It has taken few years to establish myself. But somehow I could settled my dreams. I got one source of foreign raw material from Japanese company, like Mitsui & co . It was Japan synthetic rubber. Then I found other sources of many products. I started my business with full version. Then my both sons grew up.

I belong to a Rajasthani Marawadi family and our background is to do business.

So my children are Mr. Gautam K. Jhunjhunwala and Mr. Vishal K. Junjhunwala they both finished their good education and lend a helping hand to grow my business as future perfect business person or entrepreneurs. I could establish a company like—

"BOMBAY CHEMICAL AND RUBBER PRODUCTS".

It is my life's first company. When I inaugurated my Company, that day was the happiest day of my life. And I could proved myself.

One after another I found products from various sources.

Then I moved from trading to the hotel industry. In Gurugram I started to run a hotel. I thought it was a good source of business. I am happy that I could establish hotel industry.

Besides Bombay chemical suppliers of raw materials to Indian rubber industries, I diverted my business to hotel industries . I settled on two hotels, one in Gurugram and one in Neemrana.

Mainly my Principal suppliers are Japanese. At Neemrana, mini Japan is established with many Japanese families . So I opened a Japanese hotel only for Japanese visitors. This business proved very beneficial for me. Now it is running smoothly.

In my life many people proved themselves that they are very loyal to me and to my business. But unfortunately many people have cheated me like anything. I helped them. But they could not prove to be good people. I don't have any regrets. I thought I did my duties as an employer. But what to do? My destiny is mine. And my hard work is pushing me from my back to go ahead. I treat my employees like my family members. I am trying to make them happy.

When I am thinking about my journey, I can't believe that I did these things? And the next moment I saw that it happened. It is only the grace of God and I believe in God. Without pain, there is no gain . I never sit idle at home. My grandchildren should know that, What efforts I put into establishing a company. They should follow some of my ideas to do something for their future. I am still expanding my network all over India.

All mighty God always helped me. So I am a God fearing person. I am proud of myself and my children for expanding my company into a "huge business" .

God bless them for the future. Now I am relaxed to watch my work of business through my children. They will make me happy.

Jay DADIJI .

बॉम्बे केमिकल एंड रबर प्रोडक्ट्स

कुछ शब्द दिल से —

मैं कैलाश झुंझुनवाला एक प्रतिष्ठित मारवाड़ी परिवार में जन्म लिया था। अच्छे बच्चे की तरह मेरी परवरिश हुई। यह सब के लिए मेरे माता पिता को अशेष अशेष धन्यवाद देता हूँ। जब मैं बड़ा हुआ, तब मेरी महत्वाकांक्षायें सब से अलग थी। पूरे दिन बैठकर या उठकर या सोते जागते, मैंने अपने भविष्यत के लिए, जिंदगी में कुछ अलग और नया करनेको सोचा था। मैं एक विशेष तरीक़े से स्वयंचालित संस्थे का उद्योगपति के रूप में, कुछ अलग़ तरह से करने की चाहत रखता था। इसलिए मैंने अपनी चाहत के अनुसार, अपनी पढ़ाई पूरी की। अपनी संस्थाको शुरू करने से पहले, मेरे पिता स्वर्गीय शंकर लाल झुंझुनवाला से बिज़नेस की तौर तरीके सीखने की ईच्छा रही। इसलिए उनसे सीखा। जब मैंने मेरा कारोबार को शुरू किया, तब वे मेरे साथ थे।

मैं ने अपने कई शुभचिंतकों और प्रियजनों से बहुत कुछ सीखा। विशेष करके जापानीज़ कंपनियों का सहायता मेरे लिए कारगर साबित हुई। एक दिन मैं ने बैठे बैठे सोचा –

"मेरे पिताके तरह मैं भी मेहनत करूँगा और मेरे तमन्नाओं को आगे जरूर बढ़ाऊँगा।"

मेरे पिताजी से बहुत कुछ सिखने को मुझे मिला था। क्योंकि वे एक कारोबारी थे। इसलिए वे गुरु रहे थे। मेरी धर्मपत्नी श्रीमती चंद्रकांता झुंझुनवाला मेरी सपनों को पूरा करनेके लिये उनका सहयोग रहा मेरे लिए हमेशा से रहा। वो मेरी backbone है। सुबह से शामतक मैं ने सिर्फ़ मेहनत ही मेहनत किया था। अच्छे स्रोत्र से अच्छे गुणबत्ताके उत्पादक का ख़ोज की। ताकि उत्पादकों का गुणबत्ता बरकरार रहे।

जब मैं ने अपना भविष्य शुरू किया, तब मैं युवा था। और स्वभाव मैं बहुत चंचल था। उस स्वभाव के कारण मैं मेरा भविष्यत का व्यापार स्थापित कर सका। कदम कदम पर मैं आगे वढ सका। मैं अपनी मेहनत में महत्वाकांक्षाओं को पूर्ण रूप में पूरा करने में सक्षम रहा। थोड़े से पूंजी में मैं ने अपने उद्योग शुरू किआ। वहीं से मेरी शुरूआत की यात्रा थी। एक संभ्रांत मारवाड़ी परिवार में जन्म होने के नाते, हमारी ख़ानदान व्यवसाय करने में लिप्त रहता है। और मैं ने वही किया।

उसके बाद में मेरे दोनों बेटे गौतम एस झुँझुवाला और विशाल एस झुन्झुनवाला दोनों बड़े होकर अपने मन और

आवश्यक अनुसार अपनी अपनी पढ़ाई पूरी की। कारोबार शुरू करनेके लिए, शिक्षा की आवश्यक जरूरी है। उन दोनों ने मेरे पीछे एक एक उपयुक्त कारोबारी के रूप में उभर कर, मेरे साथ में सहयोग करते रहे।

बॉम्बे केमिकल एंड रबर प्रोडक्ट्स, यह मेरी पहली कंपनी है।

इसे मैं ने अपने बलबूते पर खड़ी कराई।

अनेक परिस्थिति मेरे सपक्ष में था। और अनेक परिस्थिति विपरीत होते हुये भी, मैं ने कहीं पे मझधार में रूका नहीं। चाहे आंधी आये या तूफ़ान, मैं ने निरंतर चलता गया, अकेले में। एक पत्नी होने के नाते मेरी धर्मपत्नी ने मेरा साथ आज़तक देती आ रही है। इसी तरह से आगे बढ़ते हुये, मुझे अनेक उत्पादन के बारे जानकारी हासिल हुई।

इसी उत्तार चढ़ाव के बीच में मुझे धीरे धीरे सफ़लता मिलना शुरू हुई। उसके बाद में मैं ने होटेल के कारोबार में मन बलाया। सोचा—

“यह व्यवसाय मेरे लिए जरूर फायदेमंद रहेगा।”

और मैंने वही किया। एक नीमराना में और एक गुरुग्राम में होटेल स्तापित किया है। नीमराना में एक छोटा सा

जापानीयों लेकर, जापान देश बसा है। और वो होटेल सिर्फ़ जापानियों के लिए है। और मेरे जितने भी उत्पादन भारत में आमदानी होती हैं, वो सब जापान से आते हैं। और मेरे जितने भी होटल है, सब अच्छे मुनाफ़ा देते हैं।

मेरे जिंदगी में जितने भी कर्मचारी आयें हैं, उनमें से अनेक बड़े ईमानदारी से मेरे साथ जुड़े हैं। और जुड़े भी थे। मगर अनेक ऐसे भी रहे कि, गद्दार भी निकले हैं। मुझे उसके लिए कोई खेद नहीँ है। मेरा तकदीर मेरा है। मेरा कर्म मुझे फल दे रहा है। एक मालिक होने के नाते मैंने मेरी कर्तव्य निभाई है। मेरे साथ जो सब कर्मचारी जुड़े हुयें हैं, वे सब मेरे परिवार की तरह है। और मैं मैरे परिवार से बहुत प्यार करता हूँ।

जब मैं मेरे अतीत में किए गये सफ़रनामे के बारे में सोचता हूँ, मुझे आश्चर्य लगता है। मुझे यकीन नहीँ होता है कि

"मैं ने यह सब किया है।"

दूसरे पल में जब मैं वास्तव में आता हूँ, तब देखता हूँ कि, यह सब हुआ हैं। यह सिर्फ़ मेरे माता पिता के आशीर्वाद और भगवान के कृपा से हो पाया है। मैं कभी भी घर पर बेकार नहीँ बैठ पाया। मेरे नाते, पोते पोतियाँ जरूर मुझे अनुकरण करके आगे बढ़ेंगे। यही मैं हमेशा प्रार्थना करता हूँ। मेरा कारोबार पूरे भारत बर्ष में फैला है।

मैं एक ईश्वर भक्त इंसान हूँ। यह सब उन्हीका दिया हुआ हैं। उम्मीद करता हूँ कि मेरे बच्चे मेरा नाम रौशन जरूर करेंगे।

जय दादीजी

परिचय के लिए श्रीमान कैलाश झुंझुनवाला नाम ही काफी है। लेकिन उनकी सफलता के लिए उन्हे क्या नाम दे सकते हैं? संपूर्ण व्यक्तित्व व्यापारी या कोई अन्य नाम ? व्यक्ति एक और नाम अनेक। एक व्यक्ति में सभी हुनर परिपूर्ण है। इसलिए वो विशेष है। 50 साल पहले उनका एकमात्र सपना था। खुद को ऊँची उडान भरते हुए देखते थे। अपनी असीमित महत्वपूर्ण आकांक्षाओं को पूर्ण करनेके लिए कई योजना बना रहे थे। अपनी भविष्य की योजनानुसार अपनी लक्ष्य को प्राप्त करने के लिए चाहत रखते थे। अपनी गंतव्य स्थल तक पहुंचना चाहते थे।

उन्होंने असफल और सफल समय भी देखा।

उतार चढ़ाव भी देख लिए। उसी परिस्थितियों में कई विचार और असीमित योजनानुसार काम क नेकी प्रेरणादायक संजोग भी पाया है। कुल मिलाकर उन्होंन अपने लक्ष्य को प्राप्त किए हैं। इसी तरह उन्होंने अपनी जीवन का 50 साल इस कंपनी को दिये हैं। बॉम्बे केमिकल और रबर

प्रॉडक्ट्स का नाम से एक वरिष्ठ प्रतिष्ठित कंपनी खडे किए हैं ।

जिन्होंने बॉम्बे केमिकल एंड रबर कंपनी को अच्छी तरह से विकसित होता हुआ देखा था, या आज के समय में दे◌ेख रहे हैं, वे लोग हैरान होते हैं कि, एक ज़िद्दी इंसान ने अपनेआप में किया हुआ वादे को पूरा किया । जिन्होंने कभी भी कहा होगा या सोचा होगा कि यह इंसान कुछ भी नहीँ कर पायेगा, उन्ही लोगों के मुँह से तारीफ़ों का पुल बांध कर शुभेच्छा में भरा संबोधन हरदम आता रहा। कहते हैं कि उगते हुये सूरज को सब सराहना करते हैं। और डूबते हुये सूरज को दूर से जुहार करते हैं।

BOMBAY CHEMICAL AND RUBBER PRODUCTS

यह एक संस्था है, जहाँ पे लोगों को कंपनी के कर्मचारी के तरह देखा नहीँ जाता है। हमेशा एक एक परिवार का सदस्य के रूप में गिना जाता है। उनलोगों के सुख में दुःख में साथ दिया जाता है। उनके वहाँ जानेके लिये कोई प्रतिबंध नहीँ है, उनके संघर्ष और कठीन परिश्रम के कारण बॉम्बे केमिकल एबं रब्बर प्रोडक्स कंपनी आज सर उठाकर खड़ा है।

कहते हैं कि– "हुनर कभी नहीँ छुपता है।"

No computer, no Mobile phone and no digital world there at that time. Only the Landline phone was there. When someone is out of home, no one can contact other people. It was very inconvenient to manage contact with others. So people can wait to come back home to get news. No other option was there. In this situations people were facing some difficulties to run a business . That time such type of technology was not developed. It was challenging job for all the business personal .

"बूंद बूंद जल में सागर का जन्म हुआ है। यह तो पता नहीं था कि दो बूंद जल को कितने समय लगेगा सागर बनने में। फ़िर भी कोशिश करने में सबसे आगे उस इंसान को रहना पड़ा।

जिग़र में एक जूनून और दिल में जोश के साथ मस्तिष्क में उमंगें भरे थे। सोच को सोच में रखकर बैठ कर रहेंगे तो आगे कामियाबी नहीं मिलती है। अगर कामियाबी नहीं मिलेगी तो, मज़िल कहाँ दिखेगा ? इन सब के लिए सिर्फ़ मेहनत और अच्छी लगन के साथ करना पड़ेगा। कहीं ना कहीं से तो शुरुआत रहते करनी पड़ेगी, सोचकर आगे बढ़ना था। और बढ़ वो इंसान गये। कामियाबी मिलेगी या नहीं मिलेगी, उसके बारे में सोचना नहीं है।

That time technology was not so developed about business. Or someone has to attend the phone to collect all business news from other sources. So that time one telephone operator is needed to get all the news from others. Then to start up a business or own independent work was a challenging job.

एक कंपनी को बिस्थपित करनेके लिए टेलीफ़ोन होना आवश्यक जरूर था। तब उन्होंने एक कर्मचारी को नियोग किया। घर पर भाई बहनों के बीच में रहकर , परिवार का सुख मिलता था। सब के बीच में रहते हुये भी, वो इंसान अकेले में बैठकर खुद के लिए सोचता था।

एक से भले दो हो गए। और आगे के लिए सोच, विचार और योजना एक साथ में मस्तिष्क में आता था। कहते हैं कि—

"अगर सहधर्मिणी का साथ रहा तो, इंसान चाँद तक पहुँच सकता है। "

यही बात सही सावित हुआ। जब से शादी हुई थी, तब से ksj का साथ उनकी पत्नी का रहा। हरपल, हरदम उनके साथ रहकर, उनका साथ देती रही। कहते हैं कि —

"Behind a successful person, there is a woman behind him."

That is true. Always his wife Mrs. Chandrakanta JhunJhunwala was with him and up to now she is also supporting him, in every possible way. That was encouraging him and now she stands with him like a pillar.

तीन बच्चों को पालनेकी ज़िम्मेदारी उनके ऊपर रही। संयुक्त परिवार होने के नाते, घर परिवार के साथ साथ प्रत्येक सदस्यों को देखना पड़ता था। तब उनके माता-पिता जीवित थे। उनकी सेवा करना, उनका धर्म था। कभी किसीसे शिकायत ना हो, उसकी ध्यान उन्हें रखना पड़ता था। साथ में पति के साथ सहयोग देते हुये उनका हर संभब ध्यान रखना पड़ता था। बिना शिकायत में, वो सब वो करती रही। कारण घर की बड़ी बहू और घर की जिम्मेदारी का दायित्व सब उन्हें को ही देखना पड़ता था।

टेलीफ़ोन के साथ एक कर्मचारी को नियुक्त करना पड़ा। दप्तर के लिए जगह देखकर, एक विस्तापित ठिकाने की जरूरत था। कारण दप्तर की सारी कारोबारों की खत हो या और कुछ, एक सही दप्तर की आवश्यकता थी। इसलिए एक छोटी सी जगह पर दप्तर खोलकर, एक कर्मचारी को कार्यरत करा गया। ताकि एक सही कंपनी को खोलकर उसका नाम करण करा सके। आख़िरी में वही हुआ। और एक कंपनी ने जन्म ले लिया। कहते हैं न की गीली मिट्टी में अच्छी बीज बो कर, उसमें रोज़ पानी दिया करो।उसका देखभाल करो। समय

आनेपर उस पेड़ बड़ा होगा। और सही फ़ल देगा। तब उस कंपनी का नाम रखा गया।

"बॉम्बे केमिकल एंड रबर प्रोडक्ट्स"

वाह : क्या बात है ? जिस महानगरी में उन्होंने जन्म लिया, उस महानगरी के नाम से अपनी कंपनी का नाम रखा। सोने पे सुहागा। जो एक छोटा सा बीज उन्होंने मिट्टी में बोकर अपने हाथोंसे पानी सींचा था, आज वही पेड़ बढ़कर एक विशालकाय बृक्ष के रूप में परिणत हो चुका है। देखकर सब को अच्छा लगता है। बैठकर कभी उस दिनों को याद किया जाये तो यकीन नहीं होता है कि उन्होंने अपने हाथों में इस बृक्ष को रोपकर बड़ा किया था।

तब के समय में अगर किसी कंपनी के साथ में काम करना होता था तो टाइप राईटर के सहयोग में काम होता था। इसके लिए किसी टाइपिस्ट को काम पर रखना होता था। अपना लक्ष्य को हासिल करनेके लिए उन्होंने एक टाइपिस्ट को काम पर रख लिया। ताकि कोई official work करना पड़े तो उनके लिए अच्छा हो जाय। उसके बाद में कोई official ख़त बगैरह लिखना होता था तो, हाथों के कलम काग़ज़ लेकर लिखने से अच्छा होता था कि टाईपराइटर में ख़त लिखा जाये।

उसके बाद में फैक्स मशीन का अबिष्कार होने से, और आसान हो गया। हर तरह के दस्ताबेज को पोस्ट के जरिये भिजवाने से समय लगता था। फैक्स के जरिये दस्ताबेज को भिजवाना आसान हो गया। यही सब सुबिधायों के कारण, हिंदुस्तान के अंदर अपना कारोबार करना आसान हो गया । बहुत कुछ करना था आगे। और करना भी है। उतने में संतोष लाभ करना वे नहीँ चाहते थे। कुछ अलग़ करना था। सब से अलग़। समय भी था। मौके ढूंढ़ने थे। दस्तूर भी था। सिर्फ़ दिमाग़ को लगाकर, उसे हासिल करना है।

फ़िर से बॉम्बे केमिकल एंड रबर प्रॉडक्ट्स एक कदम आगे बढ़ गया। फ़ैक्स मशीन के आने से कारोबार थोड़ा सा आसान हो गया । कई कंपनी के साथ, अनेक suppliers के साथ जान पहचान बढ़ती गई । और उनके माल को बाज़ार तक, कंपनी के पास और लोकलोचन में बॉम्बे केमिकल एंड रबर प्रोडक्ट्स को लानेके के लिए और एक कदम आगे बढ़ना था। वो प्रसिद्धी उनको मिल गया। एक कंपनी का owner होने के नाते उसे और कैसे आगे बढ़ाया जाय, वही सोच दिन रात दिल में चलता रहा।

बच्चे धीरे धीरे बड़े हो रहे थे। उनके भविष्यत का चिंता करते हुए दोनों बेटेको अच्छी शिक्षा के साथ पूरी तरह से

आवश्यक था। यह सब बिज़नेस के लिए सही तालीम देना व्यवसाय के दृष्टी कोन से आवश्यक हो जाने से बच्चे पूरी तरह से तालीम पा लेंगे। और कारोबार को संभालनेके लिए क़ाबलियत पा लेंगे। वही काम किया गया। बच्चों को विदेश में भिजवाना पड़ा उच्च शिक्षा निमित में। दोनों बेटों ने जिंदगी की कसौटी में सही मायने में खरे उतरे हैं। एक पिता होने के नाते अपने बच्चों सेऔर क्या उम्मीद रख सकते हैं ? उनका मेहनत बच्चों ने साथ देकर सार्थक किया।

बच्चों को विदेश में भिजवा कर तालीम दिया। उनको होनहार बनाया। जिस दिन बच्चे अपनी तालीम हासिल करके अपने घर पर लौट आये, उस दिन सबके लिए एक अविस्मरणीय दिन था। दिन रहा था खुशियाँ मनाने की। मौका था जश्न मनाने का। दस्तूर था बच्चों को सावासी देने की। उनके मेहनत और लगन आज सबके लिए रंग लेकर आई।

हमेशा हर जग़हों पर नज़र रखना एक इंसान के लिए संभब नहीँ होता है। अगर अपने बच्चे पिताजी के पीछे पीछे आगे बढ़ने लगे तो इससे ख़ुशी की बात और कुछ भी नहीँ है।

अब बच्चे होनहार हो गए, तो उन्हें समझ है कि आगे क्या करना है। पिताजी के पदचिह्न को अनुकरण करके आगे

बढ़ने लगे। बच्चों के सामने काफ़ी चुनौती थी। एक मुक़ाम पर पहुंचना इतनी आसान नहीं नहीँ होता है। इसलिए उनकी मेहनत और ईमानदारी की आवश्यकता रहा था।

जिंदगी में अगर एक लक्ष्य हो तो चाहे कितनी भी कठिनाइयाँ सामने आ जाय, तो क्या हुआ, इंसान कभी रूकता नहीँ है। पीछे मुड़ कर देखता नहीँ है। उनको अपने ही नज़रों में दुनियाँ देखना था। और वे इसके लिए प्रयत्नशील रहे। ख़ुद का पहचान बनाना था।

On this earth, only human beings are powerful living beings. He can do anything, whatever he wants. Nobody can stop him at any cost. That is the human tendency. Once he or she fix mind to do, then it can do. That thing here was created by both sides. Employer's efforts and employees' hard work together, then one strong company was formed for everybody.

Then one after computer, software technology and mobile phones developed in India. Internet and whatsapp everything available for developing any type of business anywhere.

Now business is so secure if you, and someone wants to expand business. Where telex machine was available, in that place computer has replaced that. Everybody also started learning computer. Really modern time world has invented computers for everything easier and convenient. So for running a business farm, computer was mandatory and easier way to expand work.

पहले पहले फैक्स मेसिन के बाद में telex मेसिन होता था देश विदेश में संबाद भिजवाने के लिए। उसके लिए telex operator की बक़ायदा तालीम लेनी पड़ती थी।

कहते हैं कि समय और परिस्थिति के अनुसार इंसान को परिवर्तित होना चाहिए। कारण दुनियाँ हमेशा परिवर्त्तन की और जाता है। यह भी होना चाहिए।

कंपनीको चलाने के लिए ऐसे ही तालीम प्राप्त कर्मचारीयों की आवश्यक होने लगे। उसके बिना काम करके आगे बढ़ना मुश्किल था। एक संथाके संस्थापक होने के नाते strong administration की आवश्यकता थी। इसलिए उन्होंने वो सब जिम्मदारी अपने हाथों में लिया। ताकि कोई यह सब का फायदा ना उठाये।

उनके दोनों बेटे उच्च शिक्षित होकर बिज़नेस अगर join किये तो क्या हुआ, उनमें तजुर्बा नहीँ था। लेकिन बच्चों ने बहुत जल्दी उस दिशा में आगे बढ़ गए। एक बार आगे बढ़े तो पीछे मुड़कर कभी नहीँ देखा। कईबार गलती तो हुई होगी। क्योंकि गलती तो इंसानों से होती है। मग़र अपनी गलती को

सुधार कर, गलती से कुछ सीखकर, आगे बढ़े। अपनी मेहनत और लगन से कंपनी के उन्नति के दिशा में काम करते गये। यही रहा दोनों बेटों के सही हुनर।

प्रतियोगी और चुनौती में सफ़लता को प्राप्त करनेके लिए, कंपनी में एक साथ में काम करते हुये कर्मचारियों को देखकर, आगे उनके संख्या को बढ़ाना पड़ा। सही ठिकाने पर, सही ढंग से दप्तर को स्थापित करना, प्रथम लक्ष्य रहा। काम करने से पहले कर्मचारियों का सहूलियत का ध्यान रखना पड़ता है। वही काम सबसे पहले करना पड़ा।

क्योंकि बॉम्बे केमिकल कभी भी अपने कर्मचारियों को कर्मचारी के रूप में देखा नहीँ था। ना आज भी देखता है। उन लोगों को परिवार का सदस्य के रूप में कंपनी देखता है। प्रतियोगी एबं प्रतिद्वंदी अगर ना हो तो आगे कंपनी को आगे मुकाम तक बढ़ाने के लिए एक जूनून पैदा नहीँ होता है। बॉम्बे केमिकल कंपनी के प्रत्येक कर्मचारी इसी प्रतिद्वंद्वी को चुनैती मानकर, और मेहनत करके आगे चल रहे हैं |

ऐसा नहीँ है कि सिर्फ़ बॉम्बे केमिकल के कर्मचारियों में से सब लोग ईमानदार रहे। अनेक कर्मचारी ऐसे रहे कि, वे अपना जेब भरना चाहे। कंपनी के साथ गद्दारी किये। फ़िर भी कंपनी ने उन्हें माफ़ किया और उनके स्थान पर दूसरे

कर्मचारियों को स्थान दिया। आज बहुत सारे ऐसे हैं, जिन्होंने कंपनी के लिए कसौटी में खरे उतरे हैं । इसलिए बॉम्बे केमिकल के प्रत्येक कर्मचारी के लिए उनका दरवाजा हमेशा के लिए खुला है।

फ़िर बॉम्बे केमिकल ने शुरू किया और एक कंपनी

"हिन्द इलास्टोमर" Hindelastomar .

के नाम से। वो कंपनी भी एक सफ़लता के मुक़ाम पर पहुँच गया है । और आज अच्छे तरह से चल रहा है। यह बड़ा सौभाग्य की बात है। यह कंपनी अब गौतम झुंझुनवाला के supervison के अंतर्गत है। पिताजी से तालिमप्राप्त करके अपना हुनर का परिचय दे दिया। और इंडियन तथा विदेश market में अपना स्थान बना लिया।

उसके बाद में और एक कंपनी की शुरूआत हुई।

"JMF SYNTHETIC" " जे एम् ऍफ़ सिंथेटिक"

के नाम से। इस कंपनी का सर्बे सर्बा उनके छोटे बेटे विशाल झुंझुनवाला है। अब यह कारोबार लगभग सम्पूर्ण भारत वर्ष में फैला है। कंपनी को इस ऊँचाई पर पहुँचाना आसान नहीं था। यह केबल संभब हुआ मेहनत और लगन के साथ। कहते

हैं कि बच्चे पिताजीके परछाई होते हैं। इस कंपनी ने यही उदाहरण दे दिया।

लोग कहते हैं कि अगर जीवन में अच्छा है तो बुरा भी है। इसी प्रगती के दौरान बॉम्बे केमिकल कंपनी ने बहुत उतार चढ़ाव भी देखे। लेकिन किसीका हौसले कमज़ोर नहीँ पड़ा। सब लोगों ने बड़ी जिम्मेदारी से अपना अपना काम करते रहे। एक पौधा बढ़कर एक विशाल बृक्ष के रूप में परिणत हुआ। उसी विशालबृक्ष के छत्र छाया में अनेक लोगोंको छाया के साथ साथ शीतल पवन का अनुभव भी मिलता है ।

एक पौधे को पानी में सींचकर एक विशाल बृक्ष के रूप में, बॉम्बे केमिकल का नाम दिया गया । इस के लिये management एबं वहाँ कर्मचारिओयों का सहयोग रहा। इसलिए बॉम्बे केमिकल में जितने भी कर्मचारी है, उनके लिए कोई भी रोकटोक नहीँ रहा अपनी अपनी बात को सामने रखने के लिए।

कर्मचारियों की सुरक्षा के लिए बड़ा प्राधान्य दिया गया। सबके लिए बीमा करावाना बेहद जरूरी था। और वो सुबिधायें कर्मचारियों और उनके परिवार के लिए दिया गया। ताकि तंदुरुस्त होकर सबलोग वहाँ पे काम कर सके।

So for employees and for their families, management arranged health insurance. So employees can work smoothly for the Company.

Then Bombay chemical and rubber products moved to the hotel industries. Before moving to hotel industries, management gave a thought that,

"Is it a profitable business ? After briefly thought, it decided that–

"Yes, यह एक सही business है। और इसमें आगे जाना चाहिए।

तबतक Bombay Chemical ने Delhi, kolkata, Pune, Hyderabad और अनेक स्थान पर अपना पकड़ मजबूत कर लिया था। यूँही कहो तो हिंदुस्तान के लगभग हर एक स्थान में Bombay केमिकल का माल बितरण किया जाता है।

During the two years of Covid 19 corona season , it has spreaded entire world. People suffered too much. Many companies had removed their employees because of a lockdown. There are no other sources of people's survival. But Bombay Chemical and Rubber products has arranged some other alternative sources to engage their employees.

बॉम्बे केमिकल एंड रबर प्रोडक्ट्स ने कर्मचारियों का पगार पूर्वोत्तर कायम रखा। उन लोगों के लिए, वैक्सीन की

योजना बनाई। Work from home सबके लिए वाध्यता मूलक हो गया था। लेकिन बॉम्बे केमिकल एंड रबर प्रोडक्ट्स उनके लिए सुब्यवस्था पूर्वक सबकुछ आयोजन किया। और उनके सुरक्षा के लिए सबकुछ प्रबंध किया। इसमें बॉम्बे केमिकल के कर्मचारियों के लिए कोई भी असुबिधा नहीँ हुई। और कर्मचारियों के salary के साथ उनकी सेहत का भी ध्यान रखा गया।

ऐसे ही दो साल निकल गए कैसे पता नहीँ चला। इसलिए आज के समय में बॉम्बे केमिकल का प्रत्येक कार्य अच्छी तरह से चल रहा है। बॉम्बे केमिकल के पूरे कर्मचारी बॉम्बे केमिकल के परिवार के तरह है। हर एक सुख दुःख में एक दूसरे के साथ खड़े हो जाते हैं। यहाँ पर ना कोई छोटा है या बड़ा है।

"वसुधैव कुटुम्वकम"

यही भावनाओं में सब लोग रहकर आगे बढ़ रहे है।

Bombay chemical and rubber products teaches—

"We are all united together. We can achieve many more things and we are all one family for our company. This is our company. Togetherness is our strength and that makes us very strong and powerful.

Now this company has completed 50 years. In the future , the next generation will look after this company and they will run it smoothly , I hope . Everybody hopes this company will be completed 100 years .

उम्मीद पर दुनियां कायम है..। अगर उम्मीद ना हो या आशा ना हो तो , दुनियाँ में लोग औरों के लिए क्या? ख़ुद के लिए भी कुछ भी नहीँ कर सकते हैं। चलती का नाम जिंदगी है। आशा जिंदगी को आगे बढ़ाती है। आगे चलकर अपना कर्म जरूर अच्छे फ़ल देता है।

इसलिए जीवन का मूलमंत्र सिर्फ़ अच्छे कर्म करते रहना। भगवत गीता में भगवान श्रीकृष्ण ने अर्जुन से कहा था। जीवन में अच्छे कर्म करते रहना है। फल की आशा नहीँ करना है। अगर कर्म का दिशा सही हो तो , फल अवश्य अच्छे मिलते है। सिर्फ़ धैर्य धरना मानव का कर्तव्य है।

अगर हर एक स्थानपर इसी तरह के अपने अपने उद्यम से उद्योगपति उभर कर आयेंगे , और जरूरत के लोगोंके लिए रोजगार का रास्ता दिखायेंगे , तब हमारे देश में बेकार समस्या काफ़ी हद तक दूर हो जायेंगा। ख़ुद के साथ साथ दुनियाँ को सही आईना दिखायेंगे, तब हमारा देश आगे और तरक़्क़ी करेगा। लोग प्रगती के और बढ़ते जायेंगे। सबकी जिंदगी में

ख़ुशहाली आयेंगी। सब के परिवार में, खाने पीने की कमी नहीं रहेगी।

हमारे देश में जितने भी उद्‌योगपति है, उन्होंने अपने अपने परिवार के साथ साथ, अपने अपने कर्माचारियों का ध्यान रखा है। और यह देश के लिए प्रगती लेकर आगे देश को बढ़ाता है। देश अपना है और इसमें रहनेवाले वासींदा भी अपने है। अपने और अपनों का ख्याल ऱखकर आगे बढ़ने में देश आगे बढ़ता है।

समाप्त

HAPPY
75th
Birthday
Best Wishes from
All BCRP & JMF Staff

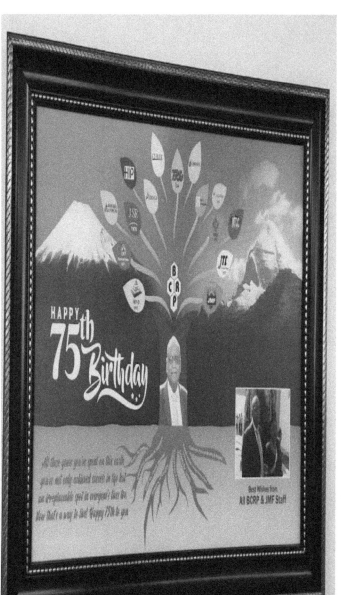